KB275335

Chapter 1

생각의 힘

The Power of Thought

Classic Books

001

나는 아직 인간 본성이 얼마나 모순적인지 배우지 못했다. 성실한 사람 안에 얼마나 많은 가식이, 고귀한 사람 안에 얼마나 많은 비열함이, 타락한 사람 안에 얼마나 많은 선함이 있는지 알지 못했다.

I had not yet learnt how contradictory is human nature; I did not know how much pose there is in the sincere, how much baseness in the noble, nor how much goodness in the reprobate.

《달과 6펜스 The Moon and Sixpence》

윌리엄 서머싯 몸 William Somerset Maugham

윌리엄 서머싯 몸 William Somerset Maugham(1874-1965)

20세기 영국 문학을 대표하는 소설가이자 극작가로, 1874년 프랑스 파리에서 영국 대사관 법률 고문 변호사의 아들로 태어났다. 독일 하이델베르크에서 유학 생활을 한 후 런던의 세인트 토마스 병원 부속 의과 대학을 졸업했지만, 의업을 포기하고 작가로 활동했다.

002

잘못된 편견은 지금이라도 버리는 것이 낫다. 아무리 오래된 사고방식이나 행동 방식일지라도 증명되지 않으면 믿을 수 없다. 오늘 모든 사람이 진리라고 말하거나 묵인한 것이 내일은 거짓으로 드러날 수도 있고, 자신의 들판에 단비를 내려줄 구름이라고 믿었던 것이 연기처럼 사라질 의견에 불과할 수도 있다.

It is never too late to give up our prejudices. No way of thinking or doing, however ancient, can be trusted without proof. What everybody echoes or in silence passes by as true to-day may turn out to be falsehood to-morrow, mere smoke of opinion, which some had trusted for a cloud that would sprinkle fertilizing rain on their fields.

《월든 Walden》

헨리 데이비드 소로 Henry David Thoreau

헨리 데이비드 소로 Henry David Thoreau (1817-1862)

미국의 사상가이자 자연주의 문학가로, 자발적인 고독과 자연 속 삶을 통해 인간의 자유와 자립의 가치를 탐구했다. 대표작《월든》은 문명사회에서 벗어나 자연 속에서의 단순한 삶을 기록한 고전으로, 그의 글은 자연과 인간의 관계, 삶의 본질에 대한 근원적 질문을 던지며 시대를 초월한 울림을 전한다.

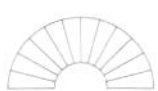

003

자비심은 강요한다고 만들어지는 것이 아닙니다. 하늘에서 내리는 부드러운 비처럼 땅에 스며듭니다. 이중의 축복으로, 베푸는 자와 받는 자 모두에게 축복을 내립니다. 가장 강한 자 중에서도 가장 강하며, 왕좌에 앉은 군주에게 왕관보다 더 어울립니다.

The quality of mercy is not strain'd, It droppeth as the gentle rain from heaven Upon the place beneath. It is twice blest, It blesseth him that gives and him that takes. 'Tis mightiest in the mightiest; it becomes The throned monarch better than his crown.

《베니스의 상인 The Merchant of Venice》
윌리엄 셰익스피어 William Shakespeare

윌리엄 셰익스피어 William Shakespeare(1564-1616)
영국 르네상스 문학의 정점이자 인류 역사상 가장 위대한 극작가로 평가받는다. 4대 비극과 5대 희극을 비롯해 방대한 작품을 남겼으며, 풍부한 언어 감각과 상징, 정교한 구성으로 영문학에도 큰 영향을 미쳤다.

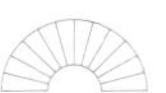

◆ ◆ ◆

quality 자질, 특성 | strain'd(=strained) 긴장한, 억지로 꾸민 | droppeth 떨어지다(고어)
blest(=blessed) 신성한, 복 받은 | blesseth 축복하다, 은혜를 베풀다(고어) | 'Tis It is의 축약형(고어)
monarch 군주

004

"겸손한 척하는 것만큼 기만적인 것은 없네." 다아시는 말했다. "겉으로는 겸손해 보여도 의견에 무관심하거나, 간접적인 자랑에 불과하지."

"Nothing is more deceitful," said Darcy, "than the appearance of humility. It is often only carelessness of opinion, and sometimes an indirect boast."

《오만과 편견 Pride and Prejudice》

제인 오스틴 Jane Austen

제인 오스틴 Jane Austen(1775-1817)

영국 근대 문학을 대표하는 소설가로 날카로운 사회 관찰, 섬세한 심리 묘사, 세련된 유머를 결합해 독창적 문학 세계를 구축했다. 십 대부터 글을 쓰기 시작해 스물두 살에 첫 장편 소설을 완성했다. 섬세한 시선과 재치 있는 문체로 여성의 당당한 삶과 사랑, 성취를 정교하게 드러냈으며, 시대를 초월해 꾸준히 사랑받고 있다.

005

이제 톰은 새로운 사실을 깨달았다. 즉, 어떤 일을 하지 않겠다고 약속하는 것이, 그 일을 하고 싶게 만드는 가장 확실한 방법이라는 것을.

Now he found out a new thing—namely, that to promise not to do a thing is the surest way in the world to make a body want to go and do that very thing.

《톰 소여의 모험 The Adventures of Tom Sawyer》

마크 트웨인 Mark Twain

마크 트웨인 Mark Twain (1835-1910)

본명은 새뮤얼 클레멘스 Samuel Langhorne Clemens이며, '마크 트웨인'이라는 필명으로 유명한 미국 작가다. 1835년 미주리주 플로리다에서 태어나 미시시피강 근처의 작은 도시에서 유년 시절을 보냈다. 미시시피강 주변의 자연은 그의 유년기에 깊은 인상을 남겼고, 후에 쓴 《톰 소여의 모험》 등의 무대가 되었다. 기자, 선원, 연설가 등 다양한 경험을 바탕으로 인간의 본성과 사회적 위선을 날카롭게 비판하면서도 따뜻한 인간애를 잃지 않았다.

◆◆◆

namely 즉, 다시 말해 ｜ *surest* 가장 확실한

006

"내가 왕이 되면, 그들에게 빵과 거처뿐만 아니라 책에서 얻는 가르침도 주리라. 마음과 정신이 굶주려 있다면 배가 부른 것은 아무 가치가 없다. 오늘의 교훈을 잊어버려서 백성이 고통받지 않도록, 계속해서 기억할 것이다. 배움은 마음을 부드럽게 하고, 따뜻함과 자비를 길러준다."

"When I am king, they shall not have bread and shelter only, but also teachings out of books; for a full belly is little worth where the mind is starved, and the heart. I will keep this diligently in my remembrance, that this day's lesson be not lost upon me, and my people suffer thereby; for learning softeneth the heart and breedeth gentleness and charity."

《왕자와 거지 The Prince and the Pauper》

마크 트웨인 Mark Twain

007

"누군가를 비판하고 싶어지면" 아버지는 내게 말씀하셨다. "이 세상의 모든 사람이 너처럼 유리한 조건을 가지고 있지 않다는 사실을 기억하거라."

"Whenever you feel like criticizing anyone," he told me, "just remember that all the people in this world haven't had the advantages that you've had."

《위대한 개츠비 The Great Gatsby》
F. 스콧 피츠제럴드 F. Scott Fitzgerald

F. 스콧 피츠제럴드 F. Scott Fitzgerald (1896-1940)

20세기 초 미국 문학을 대표하는 작가로, 1896년 미네소타주 세인트폴에서 태어났다. 젊음의 열기와 허무, 미국적 꿈의 빛과 그림자를 섬세한 문장과 상징적 구조 속에 담아냈다. 화려한 시대의 이면에 존재하는 욕망과 상실을 예리하게 비추며, 오늘날까지 깊은 울림과 통찰을 전한다.

◆◆◆

vulnerable 취약한, 연약한 | ever since ~ 이후로 줄곧 | criticize 비판하다

008

"제 모험담을 들려드릴 수 있어요 — 오늘 아침부터요." 앨리스가 조심스럽게 말했다. "하지만 어제로 돌아가봐야 소용없어요. 그때의 저는 지금과 다른 사람이었으니까요."

"I could tell you my adventures—beginning from this morning,"
said Alice a little timidly: "but it's no use going back to yesterday,
because I was a different person then."

《이상한 나라의 앨리스 Alice's Adventures in Wonderland》

루이스 캐럴 Lewis Carroll

루이스 캐럴 Lewis Carroll(1832-1898)

본명은 찰스 루트위지 도지슨**Charles Lutwidge Dodgson**으로 영국 작가이자 수학자, 논리학자다. 옥스퍼드 대학교에서 수학을 공부했고, 훗날 수학 교수로도 재직했다. 대표작《이상한 나라의 앨리스》는 비틀린 논리, 풍부한 상징, 독창적인 세계관으로 문학과 예술 전반에 큰 영향을 미쳤다.

◆ ◆ ◆

adventure 모험 | timidly 겁많게, 소극적으로

009

자신이 옳다는 것을 증명하기보다, 잘못을 인정하는 것이 더 고귀하다. 특히 정말로 자신이 옳을 때는 더욱 그렇다. 물론 그렇게 할 만큼 충분히 여유로워야만 한다.

Nobler is it to own oneself in the wrong than to establish one's right, especially if one be in the right. Only, one must be rich enough to do so.

《차라투스트라는 이렇게 말했다 Also Sprach Zarathustra》
프리드리히 니체 Friedrich Wilhelm Nietzsche

프리드리히 니체 Friedrich Wilhelm Nietzsche(1844-1900)

19세기 독일을 대표하는 철학자로, 기존의 규범과 사상을 근본적으로 재검토하며 혁신적 사상을 제시했다. 여러 작품을 통해 인간 존재와 가치 창조의 문제를 급진적 시각으로 탐구하며 현대 철학과 문학에 큰 영향을 미쳤다. 강렬한 문체와 시적 사유를 결합한 그의 글은 지금도 새로운 해석을 낳으며, 삶과 인간의 본질에 대한 근원적 질문을 던지는 고전으로 자리하고 있다.

010

무엇보다도 스스로에게 거짓말을 하지 마십시오. 자기 자신에게 거짓말을 하고 그 거짓말에 귀 기울이는 사람은 결국 자기 안의 진실도, 주변의 진실도 구별할 수 없게 되고, 자기 자신도 다른 사람도 존경하지 않게 됩니다.

Above all, don't lie to yourself. The man who lies to himself and listens to his own lie comes to such a pass that he cannot distinguish the truth within him, or around him, and so loses all respect for himself and for others.

《카라마조프가의 형제들 Brothers Karamazov》

표도르 도스토옙스키 Fyodor Dostoevskii

표도르 도스토옙스키 Fyodor Dostoevskii(1821-1881)

인간 정신과 도덕, 죄와 구원의 문제를 깊이 있게 탐구한 러시아 문학의 거장이다. 인간 내면의 갈등과 사회적 모순을 파고들며, 철학·종교·사회 문제 등을 아우르는 독창적인 문학 세계를 구축했다. 복잡한 인간 심리를 극적으로 형상화한 그의 작품은 세계 문학과 사상의 발전에 지대한 영향을 미쳤다.

◆ ◆ ◆

come to pass 발생하다, 생기다 | distinguish 구별하다, 구별 짓다

"언짢은 기분은 게으름과 닮았습니다. 우리에게는 자연스러운 상태이지만, 일단 용기를 내어 노력하기만 하면 일이 잘 진행되고 겁을 먹고 움츠렸던 활동 속에서 진정한 기쁨을 찾아낼 수 있을 것입니다."

"ill-humour resembles indolence: it is natural to us; but if once we have courage to exert ourselves, we find our work run fresh from our hands, and we experience in the activity from which we shrank a real enjoyment."

《젊은 베르테르의 슬픔 Die Leiden des jungen Werthers》
요한 볼프강 폰 괴테 Johann Wolfgang von Goethe

요한 볼프강 폰 괴테 Johann Wolfgang von Goethe(1749-1832)
독일 문학을 대표하는 작가로, 시·소설·극을 넘나들며 유럽 지성사에 지대한 영향을 미쳤다. 《젊은 베르테르의 슬픔》으로 유럽 전역에 '베르테르 신드롬'을 일으키며 문학적 명성을 얻었고, 평생에 걸쳐 집필한《파우스트》는 인간 정신의 가능성과 한계를 탐구한 대작으로 평가된다.

012

사람들이 칭찬하고 성공했다고 여기는 삶은 단 하나의 모양일 뿐이다. 그 하나를 높이려는 마음 때문에 다른 모든 가능성을 희생할 이유가 어디에 있겠는가?

The life which men praise and regard as successful is but one kind. Why should we exaggerate any one kind at the expense of the others?

《월든 Walden》

헨리 데이비드 소로 Henry David Thoreau

◆◆◆
praise 칭찬, 찬양 | successful 성공한, 출세한 | at the expense of ~을 희생하면서
exaggerate 과장하다

013

사느냐, 죽느냐, 그것이 문제로다. 참을 수 없는 운명의 화살과 돌 팔매를 마음으로 참아 내는 것이 더 고귀한가, 아니면 고뇌의 바다 에 무기를 들고 맞서 싸워 끝내는 것이 더 고귀한가?

To be, or not to be, that is the question. Whether 'tis nobler in the mind to suffer The slings and arrows of outrageous fortune, Or to take arms against a sea of troubles, And by opposing end them?

《햄릿 Hamlet》

윌리엄 셰익스피어 William Shakespeare

◆◆◆

sling 던지다 | **outrageous** 너무나 충격적인, 터무니없는

014

"자넨 우정이 뭔지 모르는거야, 해리." 그가 중얼거렸다. "아니, 사실 적의가 뭔지도 모르지. 자네는 모든 사람을 좋아해. 그 말은 결국, 누구에게도 관심이 없다는 거야."

"You don't understand what friendship is, Harry," he murmured—"or what enmity is, for that matter. You like every one; that is to say, you are indifferent to every one."

《도리언 그레이의 초상 The Picture of Dorian Gray》

오스카 와일드 Oscar Wilde

오스카 와일드 Oscar Wilde (1854-1900)

재치 있는 언어유희와 섬세한 감각으로 유명한 아일랜드 출신 작가다. '예술을 위한 예술'인 유미주의를 지향했다. 유려한 문장과 날카로운 풍자로 인간의 욕망, 도덕, 아름다움에 대한 독창적 해석을 제시한 다수의 작품을 남겼다.

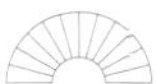

015

결국, 질투가 지배하는 곳에서는 미덕이 살아남지 못하고, 인색함
이 있는 곳에는 관대함이 있을 수 없는 법이다.

After all, where envy reigns virtue cannot live, and where there is
niggardliness there can be no liberality.

《돈키호테 Don Quixote》
미겔 데 세르반테스 사아베드라 Miguel de Cervantes Saavedra

미겔 데 세르반테스 사아베드라 Miguel de Cervantes Saavedra(1547-1616)
스페인 문학의 대표적인 작가이자 근대 소설의 창시자로 평가받는다. 현실과 이상, 환상과 진실
의 경계를 넘나드는 독창적 서사 구조를 통해 인간 내면의 욕망과 시대적 모순을 해부했으며,
풍자와 유머를 결합해 새로운 소설 형식을 완성했다.

◆ ◆ ◆
reign 통치 기간, 다스리다 | virtue 미덕, 선행 | niggardliness 쩨쩨함 | liberality 자유의사 존중, 후함

016

대다수의 사람들은 조용한 절망 속에서 살아간다. 체념이라고 부르는 것은 결국 확인된 절망일 뿐이다. … 그러나 진정한 지혜란 절망적인 일을 하지 않는 데 있다.

The mass of men lead lives of quiet desperation. What is called resignation is confirmed desperation. … But it is a characteristic of wisdom not to do desperate things.

《월든 Walden》
헨리 데이비드 소로 Henry David Thoreau

만약 행복을 얻지 못하더라도, 항상 기억하십시오. 당신은 올바른 길 위에 있다는 것을. 그리고 그 길에서 벗어나지 않도록 애쓰십시오. 무엇보다 거짓을 피하십시오. 모든 거짓을, 특히 자기 자신에게 하는 거짓을. 자신 안의 속임수를 지켜보고 매시간, 매 순간 그것을 들여다보십시오. 경멸하지 마십시오. 타인에게도, 자신에게도.

If you do not attain happiness, always remember that you are on the right road, and try not to leave it. Above all, avoid falsehood, every kind of falsehood, especially falseness to yourself. Watch over your own deceitfulness and look into it every hour, every minute. Avoid being scornful, both to others and to yourself.

《카라마조프가의 형제들 Brothers Karamazov》
표도르 도스토옙스키 Fyodor Dostoevskii

◆ ◆ ◆

falsehood 거짓말 | watch over ~을 보살피다, 지키다 | deceitfulness 속임, 거짓
look into 조사하다, 주의 깊게 살피다

018

돈키호테 나리, 세상 사람들은 '아는 것'보다 '가진 것'에 더 먼저
반응합니다. 금으로 치장한 당나귀가 짐 실은 평범한 말보다 훨씬
좋아 보이잖아요.

---

*Señor Don Quixote, people would sooner feel the pulse of 'Have,'
than of 'Know;' an ass covered with gold looks better than a horse
with a pack-saddle.*

《돈키호테 Don Quixote》
미겔 데 세르반테스 사아베드라 Miguel de Cervantes Saavedra

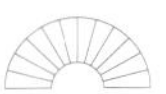

◆ ◆ ◆

sooner 더 빨리 | pulse 맥박, 고동치다 | covered with ~로 덮인 | pack-saddle 짐을 나르는 안장

모든 일에는 끝이 있고, 아무리 큰 그릇도 언젠가는 가득 차기 마련이다. 잠시나마 내 안의 악에 굴복한 것이 결국 내 영혼의 균형을 무너뜨렸다.

There comes an end to all things; the most capacious measure is filled at last; and this brief condescension to my evil finally destroyed the balance of my soul.

《지킬 박사와 하이드 The Strange Case of Dr. Jekyll and Mr. Hyde》
로버트 루이스 스티븐슨 Robert Louis Stevenson

로버트 루이스 스티븐슨 Robert Louis Stevenson (1850-1894)

인간 내면에 감춰진 선과 악을 깊이 있게 탐구한 작가. 1850년, 스코틀랜드 에든버러에서 토목 기술자인 아버지와 독실한 장로교 기독교인인 어머니 사이에서 태어났다. 가업을 잇길 바라는 집안의 뜻에 따라 1867년, 에든버러 대학에 입학해 토목공학을 전공했으나 흥미를 느끼지 못해 법학과로 전과하고, 작가의 길을 걷게 된다.

020

여기 봐, 핍, 너의 진정한 친구로서 이렇게 말하고 싶어. 진정한 친구가 해주는 말이야. 만약 네가 곧은 길로 가서 특별한 사람이 될 수 없다면, 비뚤어진 길로 가서는 절대로 그렇게 될 수 없을 거야. 그러니 그 얘기는 그만하고, 핍, 잘 살다가 행복한 죽음을 맞이해.

Lookee here, Pip, at what is said to you by a true friend. Which this to you the true friend say. If you can't get to be oncommon through going straight, you'll never get to do it through going crooked. So don't tell no more on 'em, Pip, and live well and die happy.

《위대한 유산 Great Expectations》
찰스 디킨스 Charles Dickens

찰스 디킨스 Charles Dickens (1812-1870)
영국 빅토리아 시대를 대표하는 소설가로, 사회적 약자의 삶과 인간의 희망을 생동감 있게 그려 냈다. 세밀한 유머와 따뜻한 인간애, 사회적 불평등에 대한 비판적 시선으로 대중성과 문학성을 모두 갖춘 작품을 남겼으며, 연재소설 형식의 발전에도 중요한 역할을 했다.

◆◆◆

oncommon(=uncommon) 흔하지 않은 | crooked 비뚤어진

행동의 시작

The Beginning of Action

021

"너에게 필요한 건 스스로에 대한 믿음뿐이란다. 세상의 어떤 생명체도 위험 앞에서 두려움을 느끼게 마련이지. 하지만 진짜 용기는 두려운 마음을 가지고도 그 앞에 서는 것이고, 그런 용기는 이미 네 안에 넘쳐흐르고 있어."

"All you need is confidence in yourself. There is no living thing that is not afraid when it faces danger. The True courage is in facing danger when you are afraid, and that kind of courage you have in plenty."

《오즈의 마법사 The Wonderful Wizard of Oz》

라이먼 프랭크 바움 Lyman Frank Baum

라이먼 프랭크 바움 Lyman Frank Baum (1856-1919)

미국 아동 문학의 고전《오즈의 마법사》의 작가로, 상상력과 모험이 가득한 새로운 세계를 창조했다. 기자, 배우, 극작가 등 다양한 직업을 전전했지만 좌절하지 않고 계속 글을 썼고, 풍부한 상상력과 생생한 캐릭터 창조 능력을 바탕으로 독창적인 세계관을 구축했다.

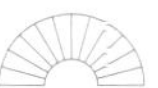

나는 최선을 다했고, 이제야 '노력의 기쁨'이라는 말의 의미를 조금
은 이해하게 됐어. 노력해서 이기는 것 다음으로 좋은 일은 노력해
서 실패하는 거야.

---

*I've done my best and I begin to understand what is meant by the
'joy of the strife.' Next to trying and winning, the best thing is
trying and failing.*

《빨간 머리 앤 Anne of Green Gables》
루시 모드 몽고메리 Lucy Maud Montgomery

루시 모드 몽고메리 Lucy Maud Montgomery (1874-1942)

1874년 캐나다의 프린스에드워드섬에서 태어났다. 두 살 때 어머니를 여의고 우체국을 경영하
는 조부모 손에서 자랐다. 풍부한 자연 묘사, 긍정적 세계관, 성장의 기쁨과 고통을 섬세하게 담
아낸 작품으로 세대를 초월한 공감을 불러일으켰으며, 따뜻한 인간애와 생동감 넘치는 캐릭터
를 통해 캐나다 문학의 상징적 작가로 자리매김했다.

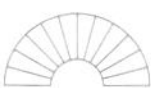

♦ ♦ ♦

do my best 최선을 다하다 | strife 갈등, 다툼, 분투하다

023

그리고 사랑하는 나의 친구여, 이런 사소한 일에서도, 오해와 태만이 악의와 사악함보다 세상에 더 많은 싸움을 야기한다는 것을 알게 되었네.

And I have again observed, my dear friend, in this trifling affair, that misunderstandings and neglect occasion more mischief in the world than even malice and wickedness.

《젊은 베르테르의 슬픔 Die Leiden des jungen Werthers》
요한 볼프강 폰 괴테 Johann Wolfgang von Goethe

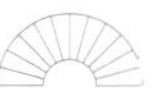

“돈키호테님,” 산초가 대답했다. “물러나는 것은 도망치는 것이 아니고, 위험이 희망을 앞지를 때까지 가만히 기다리는 것은 지혜로운 행동이 아닙니다. 현명한 사람은 내일을 위해 오늘의 자신을 지키며, 하루에 모든 것을 걸어 위험에 내맡기지 않습니다. …”

“Señor,” replied Sancho, “to retire is not to flee, and there is no wisdom in waiting when danger outweighs hope, and it is the part of wise men to preserve themselves to-day for to-morrow, and not risk all in one day; …”

《돈키호테 Don Quixote》
미겔 데 세르반테스 사아베드라 Miguel de Cervantes Saavedra

◆◆◆

retire 은퇴하다, 퇴각하다 | flee 달아나다 | outweigh ~보다 중요하다 | preserve 지키다, 보호하다

025

모든 사람의 삶은 자기 자신에게 이르는 길이고, 그 길을 찾기 위한 탐색이며, 하나의 길을 가리키는 표시이다. 그 어떤 사람도 완전히 자기 자신이 된 적은 없건만, 그럼에도 누구나 자기 자신이 되려고 노력한다. 어떤 사람은 느리게, 어떤 사람은 좀 더 수월하게, 각자가 할 수 있는 만큼 최선을 다한다.

The life of everyone is a way to himself, the search for a road, the indication of a path. No man has ever yet attained to self-realization; yet he strives thereafter, one ploddingly, another with less effort, each as best he can.

《데미안 Demian》

헤르만 헤세 Hermann Hesse

헤르만 헤세 Hermann Hesse(1877-1962)

20세기 독일 문학을 대표하는 작가로 인간의 내적 성찰과 영적 성장, 자기 탐구를 주제로 한 작품을 남겼다. 1946년 노벨 문학상을 받았으며, 서양적 개인주의와 동양적 사유를 조화롭게 다룬 작품으로 세대를 초월해 깊은 공감을 불러일으킨다.

026

하지만 아버지는 무지하거나 편견이 있는 사람이 아니라면 그를 신사로 오해하는 사람은 없을 거라고 단언하셨습니다. 세상이 시작된 이래 마음속으로 진정한 신사가 아닌 사람이 행동으로 진정한 신사가 될 수 없다는 것이 아버지의 원칙이었기 때문입니다.

But that he was not to be, without ignorance or prejudice, mistaken for a gentleman, my father most strongly asseverates; because it is a principle of his that no man who was not a true gentleman at heart ever was, since the world began, a true gentleman in manner.

《위대한 유산 Great Expectations》

찰스 디킨스 Charles Dickens

◆◆◆

ignorance 무지, 무식 | principle 원칙 | asseverate 맹세코 단언하다

027

부정한 사람은 대개 게으른 사람이다. 난로 옆에 앉아 있고, 햇볕을 받으며 누워 있고, 피곤하지도 않으면서 쉬고만 있는 자들이다. 부정함과 모든 죄를 피하고 싶다면, 마구간 청소라도 열심히 하라. 본성을 극복하기는 어렵지만, 반드시 이겨내야 한다.

An unclean person is universally a slothful one, one who sits by a stove, whom the sun shines on prostrate, who reposes without being fatigued. If you would avoid uncleanness, and all the sins, work earnestly, though it be at cleaning a stable. Nature is hard to be overcome, but she must be overcome.

《월든 Walden》
헨리 데이비드 소로 Henry David Thoreau

sloth 나태, 태만 | prostrate 엎드린 | fatigued 심신이 지친, 피로한 | earnestly 진지하게
overcome 극복하다

028

용기가 무엇인지 나는 잘 알고 있습니다. 그것은 비겁함과 무모함이라는 두 극단 사이에 자리 잡은 미덕입니다. … 인색한 자보다 낭비하는 자가 관대해지기 쉬운 것처럼, 무모한 자가 진정한 용기를 증명하는 것이 비겁한 자가 진정한 용기를 증명하는 것보다 쉽습니다.

---

for I know well what valour is, that it is a virtue that occupies a place between two vicious extremes, cowardice and temerity; … for, as it is easier for the prodigal than for the miser to become generous, so it is easier for a rash man to prove truly valiant than for a coward to rise to true valour;

《돈키호테 Don Quixote》
미겔 데 세르반테스 사아베드라 Miguel de Cervantes Saavedra

029

사랑을 얻고자 할 때는 자신의 소심함을 두려워하지 마십시오. 자신의 악한 행동들에 대해서도 지나치게 두려워하지 마십시오. 더 위로되는 말을 해주지 못해 유감이지만, 꿈속의 사랑에 비하면 실천하는 사랑이란 잔혹하고 두렵기 마련입니다.

Never be frightened at your own faint-heartedness in attaining love. Don't be frightened overmuch even at your evil actions. I am sorry I can say nothing more consoling to you, for love in action is a harsh and dreadful thing compared with love in dreams.

《카라마조프가의 형제들Brothers Karamazov》
표도르 도스토옙스키Fyodor Dostoevskii

사람들이 이 세상에 너무나 많은 용기를 가져오면 세상은 그들을 꺾기 위해 죽일 수밖에 없고, 당연히 그들을 죽인다. 세상은 모든 사람을 부수고, 그 후에 많은 사람들은 부서진 곳에서 더 강해진다.

If people bring so much courage to this world the world has to kill them to break them, so of course it kills them. The world breaks every one and afterward many are strong at the broken places.

《무기여 잘 있거라 A Farewell to Arms》
어니스트 헤밍웨이 Ernest Miller Hemingway

어니스트 헤밍웨이 Ernest Miller Hemingway (1899-1961)

20세기 미국 문학을 대표하는 소설가로, 제1차 세계대전과 스페인 내전 등 격동의 시대를 경험하며 인간의 고독, 용기, 상실을 주제 삼아 독창적인 문학 세계를 구축했다.《노인과 바다》로 퓰리처상을, 이후 세계 문학에 끼친 공헌으로 노벨 문학상을 받았으며, 담백한 서사 속에 인간 존재의 본질을 압축해 담아낸 그의 작품은 오늘날에도 변하지 않는 감동과 울림을 전한다.

031

도로시와 허수아비는 양철 나무꾼이 자유롭게 움직일 수 있을 때까지 다리에 기름을 발라주었다. 양철 나무꾼은 자신을 풀어줘서 고맙다는 인사를 반복했는데, 매우 예의 바르고, 고마움을 아는 존재처럼 보였다.

"너희가 오지 않았다면 나는 아마 영원히 그 자리에 서 있었을 거야." 양철 나무꾼이 말했다.

So they oiled his legs until he could move them freely; and he thanked them again and again for his release, for he seemed a very polite creature, and very grateful.

"I might have stood there always if you had not come along," he said;

《오즈의 마법사 The Wonderful Wizard of Oz》
라이먼 프랭크 바움 Lyman Frank Baum

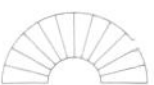

polite 예의 바른, 공손한 | creature 생명이 있는 존재, 생물 | grateful 고마워하는, 감사하는

032

내 관심을 사로잡은 것은 나, 언제나 나 자신뿐이었다. 그리고 이제 나는 조금이라도 진짜 삶을 살아보기를, 내 속에 있는 무언가를 세상에 내어주기를, 세상과 싸워보기를 간절히 바랐다.

It was my own self which occupied my attention, always myself. And yet I longed ardently to live a bit of real life, to give something of myself to the world, to enter into contact and battle with it.

《데미안Demian》
헤르만 헤세Hermann Hesse

결국 양심은 우리 모두를 겁쟁이로 만들고, 생기 가득하던 결심은 창백한 생각의 그림자로 병들어 버린다. 위대하고 중요한 모든 일들은 이러한 점 때문에 흐름이 바뀌면서 행동이라는 이름을 잃어 버린다.

Thus conscience does make cowards of us all, And thus the native hue of resolution Is sicklied o'er with the pale cast of thought, And enterprises of great pith and moment, With this regard their currents turn awry And lose the name of action.

《햄릿 Hamlet》

윌리엄 셰익스피어 William Shakespeare

◆◆◆

conscience 양심 | **coward** 겁쟁이 | **o'er** 너머, 저편으로(over의 고어) | **cast** 던지다, 드리우다
awry (계획 등이) 빗나간

034

단순하고 진실한 사람은 자신의 경건함에 대해 많은 말을 하지 않는다. 그것은 말보다 행동으로 드러나며, 설교나 맹세보다 더 큰 영향력이 있다.

Simple, sincere people seldom speak much of their piety; it shows itself in acts, rather than in words, and has more influence than homilies or protestations.

《작은 아씨들Little Women》
루이자 메이 올컷Louisa May Alcott

루이자 메이 올컷Louisa May Alcott(1832-1888)

따뜻한 감성과 진취적인 여성상을 그려낸 대표적인 작가이다. 독립적이고 성찰적인 여성 주인공을 통해 당시 사회의 관습을 넘어선 새로운 삶의 방식을 제시했다. 《작은 아씨들》을 비롯한 연작은 세대를 거쳐 전 세계 독자의 마음을 사로잡았으며, 가족애와 자아실현이라는 보편적 주제를 깊이 있게 담아냈다.

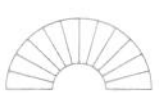

◆ ◆ ◆

seldom 좀처럼 ~ 않는 | influence 영향 | homily 설교, 훈계 | protestation 주장

035

그러나 우리는 결심한 일을 자주 깨뜨린다. 의지는 기억의 노예에 불과해서 태어날 때는 맹렬하지만, 그 힘은 오래가지 못한다. 익지 않은 열매는 나무에 매달려 있지만, 익으면 저절로 떨어지는 법이다. 우리가 자기 자신에게 빚진 것을 잊어버려 갚지 못하는 것은 피할 수 없는 일이다. 열정 속에서 세운 다짐은 열정이 사라지면 함께 사라진다.

But what we do determine, oft we break. Purpose is but the slave to memory, Of violent birth, but poor validity: Which now, like fruit unripe, sticks on the tree, But fall unshaken when they mellow be. Most necessary 'tis that we forget To pay ourselves what to ourselves is debt. What to ourselves in passion we propose, The passion ending, doth the purpose lose.

《햄릿Hamlet》

윌리엄 셰익스피어 William Shakespeare

◆ ◆ ◆

determine 알아내다, 결정하다 │ validity 유효함, 타당성 │ unripe 익지 않은, 덜 익은
unshaken 변함없는 │ mellow 부드럽고 풍부한, 그윽한

036

두 소년은 슬픔 속에서 나란히 걸으며, 서로의 곁을 지키고 형제가 되어 죽음이 그들을 고통에서 해방해 줄 때까지 절대 떨어지지 않기로 맹세했다.

As the two boys walked sorrowing along, they made a new compact to stand by each other and be brothers and never separate till death relieved them of their troubles.

《톰 소여의 모험 The Adventures of Tom Sawyer》

마크 트웨인 Mark Twain

037

항상 엄격하지도, 항상 관대하지도 말고, 양극단 사이의 중간을 지켜라. 그곳에야말로 지혜로운 행동의 핵심이 있다.

Be not always strict, nor yet always lenient, but observe a mean between these two extremes, for in that is the aim of wisdom.

《돈키호테 Don Quixote》

미겔 데 세르반테스 사아베드라 Miguel de Cervantes Saavedra

♦ ♦ ♦

strict 엄격한 | lenient 관대한 | extreme 극도의, 극단

038

"네가 표현할 수 있는 것보다 더 많은 생각을 하고 있다는 걸 알았어. 하지만 그렇다면 너는 네가 생각한 모든 것을 실제로 경험하지 못했다는 것도 알고 있을 텐데, 그건 좋은 일이 아니야. 생각이란 경험하면서 살아갈 때만 가치가 있어. …"

"I see that you think more than you can express. But if that is so, then you also know that you have never lived in experience all that you have thought, and that is not good. Only the thought that we live through in experience has any value. …"

《데미안Demian》

헤르만 헤세Hermann Hesse

039

내 세계는 로우드에서 보낸 몇 해였고, 내가 경험한 것은 그곳의 규칙과 제도뿐이었다. 이제야 나는 실제 세상은 넓고, 희망과 두려움, 감동과 흥분이라는 다양한 영역이 그 광활한 곳으로 용기 있게 들어가 위험 가운데서 삶의 진정한 지식을 찾고자 하는 이들을 기다리고 있다는 사실을 기억해 냈다.

My world had for some years been in Lowood: my experience had been of its rules and systems; now I remembered that the real world was wide, and that a varied field of hopes and fears, of sensations and excitements, awaited those who had courage to go forth into its expanse, to seek real knowledge of life amidst its perils.

《제인 에어 Jane Eyre》

샬럿 브론테 Charlotte Brontë

샬럿 브론테 Charlotte Brontë (1816-1855)

영국 빅토리아 시대의 작가로, 여성의 자아와 감정을 주체적으로 그려낸 선구적 인물이다. 사회적 제약 속에서도 자신만의 삶을 찾아가는 여성의 내면을 섬세하게 그려내, 당시의 관습을 넘어선 새로운 여성상을 제시했다. 강렬한 심리 묘사와 진정성 있는 서사로 동생들과 함께 '브론테 자매 문학'이라는 독자적인 흐름을 만들어냈다.

040

나는 경험을 통해 적어도 이 사실을 배웠다. 자신의 꿈을 향해 자신 있게 나아가고, 자신이 상상해 온 삶을 살려고 노력한다면, 평소에 예상하지 못했던 성공을 만나게 된다는 것이다.

I learned this, at least, by my experiment; that if one advances confidently in the direction of his dreams, and endeavors to live the life which he has imagined, he will meet with a success unexpected in common hours.

《월든Walden》

헨리 데이비드 소로Henry David Thoreau

Chapter 3

감정의 온도

The Temperature of Emotion

Classic Books

사랑은 나무와 같다. 스스로 싹을 틔우고, 우리의 존재 전체를 통과해 뿌리를 내리며, 폐허가 된 마음 위에서도 계속해서 푸르게 자라난다.

Love is like a tree; it sprouts forth of itself, sends its roots out deeply through our whole being, and often continues to flourish greenly over a heart in ruins.

《파리의 노트르담Notre-Dame de Paris》

빅토르 위고Victor Hugo

빅토르 위고Victor Hugo(1802-1885)

프랑스 낭만주의를 대표하는 작가로, 시·소설·희곡을 넘나들며 다양한 작품을 발표했다. 문학뿐만 아니라 정치와 사회 활동에도 적극적이었으며, 인간의 존엄과 사회 정의에 대한 깊은 관심을 작품 속에 담아냈다.

◆ ◆ ◆

sprout 싹이 나다, 발아하다 | forth ~에서 멀리, 밖으로 | flourish 번창하다, 잘 자라다
ruin 망치다, 붕괴, 폐허

고통이 인격을 기품 있게 만든다는 것은 사실이 아니다. 행복은 가끔 그렇게 할 수도 있지만, 고통은 대부분 사람을 옹졸하고 복수심에 사로잡히게 만든다.

It is not true that suffering ennobles the character; happiness does that sometimes, but suffering, for the most part, makes men petty and vindictive.

《달과 6펜스 The Moon and Sixpence》
윌리엄 서머싯 몸 William Somerset Maugham

사랑은 한숨으로 만들어진 연기, 정화되면 연인의 눈에서 반짝이는 불꽃이 되고, 괴로워지면 눈물을 먹고 자라는 바다가 된다.

Love is a smoke made with the fume of sighs; Being purg'd, a fire sparkling in lovers' eyes; Being vex'd, a sea nourish'd with lovers' tears:

《로미오와 줄리엣Romeo and Juliet》
윌리엄 셰익스피어William Shakespeare

044

만약 다른 모든 것이 사라지고 그만 남는다면, 나는 여전히 살아갈 거야. 하지만 다른 모든 것이 남고 그가 사라진다면, 우주는 거대한 낯선 존재로 변해버릴 거야.

If all else perished, and _he_ remained, _I_ should still continue to be; and if all else remained, and he were annihilated, the universe would turn to a mighty stranger.

《폭풍의 언덕Wuthering Heights》

에밀리 브론테Emily Brontë

에밀리 브론테Emily Brontë(1818-1848)

장편 소설 《폭풍의 언덕》으로 세계 문학사에 강렬한 흔적을 남긴 영국의 대표 작가다. 고딕적 상상력과 격정적 감정, 인간 내면의 어둠을 거칠고도 시적인 문체로 풀어내며 독창적인 작품 세계를 구축했다. 짧은 생애에도 불구하고 문학사에서 강렬하고 독보적인 발자취를 남긴 작가로 평가받는다.

045

엄마는 네가 어떻게 사는지 늘 지켜보고 있어. 네 결심이 열매를 맺기 시작한 만큼 너의 진심을 믿는다. 인내심과 용기를 가지고 계속해서 앞으로 가길 바라며, 너를 사랑하는 엄마가 누구보다 네 마음을 잘 이해하고 공감한다는 사실을 기억하렴.

I, too, have seen them all, and heartily believe in the sincerity of your resolution, since it begins to bear fruit. Go on, dear, patiently and bravely, and always believe that no one sympathizes more tenderly with you than your loving "MOTHER."

《작은 아씨들Little Women》
루이자 메이 올컷Louisa May Alcott

◆ ◆ ◆

heartily 열심히, 진심으로 | sincerity 진실된 | resolution 하결

그들의 강렬한 행복은 그들을 온 세상으로부터 고립시켰다. 그들은 너무도 벅찬 기쁨이었기에 오히려 슬픔의 표현처럼 들리는 몇 마디 말만 더듬더듬 주고받았다.

Their intense happiness isolated them from all the rest of the world, and they only spoke in broken words, which are the tokens of a joy so extreme that they seem rather the expression of sorrow.

《몬테크리스토 백작Le Comte de Monte-Cristo》
알렉상드르 뒤마Alexandre Dumas

알렉상드르 뒤마 Alexandre Dumas(1802-1870)
《삼총사》,《몬테크리스토 백작》 등의 작품을 남긴 프랑스 작가다. 역사적 사실과 상상력을 조화롭게 결합해 생동감 넘치는 인물을 창조했으며, 속도감 있는 전개와 극적인 긴장감으로 독자를 사로잡았다. 19세기 대중 문학의 흐름을 형성한 핵심 인물로, 오늘날 영화·드라마·뮤지컬 등 다양한 장르로 재창작될 만큼 강력한 서사적 힘을 지닌 방대한 작품을 발표했다.

047

그들이 속한 세계의 사람들은 희미한 암시와 미묘한 예의의 공기 속에 살았다. 그래서 그와 그녀가 한마디 말도 없이 서로를 이해했다는 사실은 어떤 설명보다도 그들을 더 가깝게 만들어 주는 듯했다.

The persons of their world lived in an atmosphere of faint implications and pale delicacies, and the fact that he and she understood each other without a word seemed to the young man to bring them nearer than any explanation would have done.

《순수의 시대 The Age of Innocence》

이디스 워튼 Edith Wharton

이디스 워튼 Edith Wharton (1862-1937)

미국 최초의 여성 퓰리처상 수상 작가로, 19세기 말~20세기 초 미국 상류사회와 그 이면을 날카롭게 분석한 작품으로 유명하다. 세련된 문장과 사회 구조에 대한 비판적 통찰을 바탕으로 미국의 구세계와 신세계가 충돌하던 시대의 변화를 정교하게 기록했다. 인간관계와 사회적 역할의 무게를 깊이 있게 탐구하며 현대 독자에게도 공감과 울림을 준다.

048

싯다르타, 너는 쉽게 배우는구나. 그렇다면 이것도 배워야 한다. 사
랑은 구걸해서 얻을 수도 있고, 살 수도 있고, 선물로 받을 수도 있
고, 길거리에서 찾을 수도 있지만 훔칠 수는 없다.

*You are learning easily, Siddhartha, thus you should also learn this:
love can be obtained by begging, buying, receiving it as a gift,
finding it in the street, but it cannot be stolen.*

《싯다르타Siddhartha》
헤르만 헤세Hermann Hesse

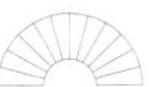

049

아, 사랑의 그림자만으로 이토록 기쁜데, 사랑 그 자체를 가질 수
있다면 얼마나 달콤할까.

---

*Ah me, how sweet is love itself possess'd, When but love's shadows
are so rich in joy.*

《로미오와 줄리엣Romeo and Juliet》
윌리엄 셰익스피어William Shakespeare

◆ ◆ ◆

possess'd(=possessed) 소유하다, 지니다 | shadow 그림자 | rich 부유한, 다채로운, 풍부한

그리고 나는 별들을 바라보며, 얼어 죽어 가는 사람이 밤하늘의 별을 올려다볼 때, 반짝이는 수많은 별 속에서 그 어떤 도움이나 연민의 손길을 찾지 못한다면 얼마나 끔찍한 일일지 생각했다.

And then I looked at the stars, and considered how awful it would be for a man to turn his face up to them as he froze to death, and see no help or pity in all the glittering multitude.

《위대한 유산 Great Expectations》
찰스 디킨스 Charles Dickens

051

이기심이 개입되지 않는 한, 미움보다 사랑을 쉽게 선택한다는 점은 인간 본성의 인정할 만한 점이다. 증오는 처음의 적대감을 계속해서 자극하지 않는다면, 서서히 그리고 조용하게 사랑으로 변하기도 한다.

It is to the credit of human nature, that, except where its selfishness is brought into play, it loves more readily than it hates. Hatred, by a gradual and quiet process, will even be transformed to love, unless the change be impeded by a continually new irritation of the original feeling of hostility.

《주홍글씨 The Scarlet Letter》
너새니얼 호손 Nathaniel Hawthorne

너새니얼 호손 Nathaniel Hawthorne (1804-1864)

미국 낭만주의 문학을 대표하는 작가로, 독실한 청교도 집안에서 태어나 인간의 죄의식·도덕·양심이라는 주제를 독창적이고 상징적인 문체로 탐구했다. 청교도적 배경을 지닌 뉴잉글랜드 지역의 역사와 인간 내면의 어둠을 결합해 독자적 문학 세계를 구축했다. 당시 청교도 사회의 모순을 비판하고 인간 심리의 복잡성을 섬세하게 묘사했다.

credit 신용도, 칭찬, 인정 | selfishness 제멋대로임, 이기적임 | readily 손쉽게, 기꺼이 | hatred 증오
gradual 점진적인

052

린튼에 대한 나의 사랑은 숲속의 나뭇잎과 같아. 겨울이 되면 나무의 모습이 달라지듯, 시간이 그것을 바꾸리라는 사실을 잘 알고 있어. 하지만 히스클리프에 대한 나의 사랑은 그 아래에 있는 영원한 바위와 같아. 겉으로 드러나는 기쁨은 아니지만, 없어서는 안 돼.

My love for Linton is like the foliage in the woods: time will change it, I'm well aware, as winter changes the trees. My love for Heathcliff resembles the eternal rocks beneath: a source of little visible delight, but necessary.

《폭풍의 언덕 Wuthering Heights》

에밀리 브론테 Emily Brontë

053

하나뿐인 사랑이 하나뿐인 증오에서 태어났구나! 알지도 못한 채 너무 일찍 만났고, 너무 늦게 알았구나! 혐오하는 원수를 사랑해야 한다니, 내게는 불길한 사랑의 탄생이구나.

My only love sprung from my only hate! Too early seen unknown, and known too late! Prodigious birth of love it is to me, That I must love a loathed enemy.

《로미오와 줄리엣Romeo and Juliet》
윌리엄 셰익스피어William Shakespeare

054

별들이 불꽃인지 의심하라,

태양이 움직이는지 의심하라,

진실이 거짓인지 의심하라,

그러나 내가 너를 사랑한다는 사실만은 절대 의심하지 말라.

_Doubt thou the stars are fire,

Doubt that the sun doth move,

Doubt truth to be a liar,

But never doubt I love.

《햄릿Hamlet》

윌리엄 셰익스피어William Shakespeare

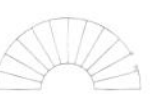

doubt 의심, 의심하다 | doth 하다(do의 고어)

055

나는 처음으로 복수를 맛봤다. 삼킬 때는 향기로운 포도주처럼 따뜻하고 자극적이었다. 그러나 그 뒷맛은 금속처럼 쓰고 얼얼해 마치 독을 삼킨 듯했다.

Something of vengeance I had tasted for the first time; as aromatic wine it seemed, on swallowing, warm and racy: its after-flavour, metallic and corroding, gave me a sensation as if I had been poisoned.

《제인 에어 Jane Eyre》
샬럿 브론테 Charlotte Brontë

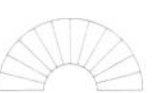

056

우리가 어떤 사람을 미워할 때, 그의 모습에서 우리 자신 안에 존재하는 무언가를 미워하는 거야. 우리 안에 없는 것은 우리를 자극하지 않아.

When we hate a man, we hate in him something which resides in us ourselves. What is not in us does not move us.

《데미안Demian》
헤르만 헤세Hermann Hesse

◆◆◆
reside 살다, 거주하다 | **ourselves** 우리 자신, 스스로

격렬한 기쁨은 격렬한 끝을 맞이한다. 불과 화약이 입을 맞추는 순간 서로를 태워버리듯, 그 승리의 순간에 죽음을 맞이한다. 가장 달콤한 꿀도 너무 달콤해서 싫증이 나고, 맛보면 입맛을 잃게 한다. 그러니 적당히 사랑해라. 오래가는 사랑은 그런 것이다. 너무 빠른 사랑은 느린 사랑보다 더디게 도착할 뿐이다.

These violent delights have violent ends, And in their triumph die; like fire and powder, Which as they kiss consume. The sweetest honey Is loathsome in his own deliciousness, And in the taste confounds the appetite. Therefore love moderately: long love doth so; Too swift arrives as tardy as too slow.

《로미오와 줄리엣Romeo and Juliet》
윌리엄 셰익스피어William Shakespeare

058

밤은 아름다웠고 우리는 서로에게 닿기만 해도 행복했다. 열정적
으로 사랑을 나누는 시간 외에도 온갖 작은 방식으로도 사랑을 나
눴고, 서로 다른 방에 있을 때면 상대방이 자신에 대해 생각하게
만들려고 애썼다.

It was lovely in the nights and if we could only touch each other we were happy. Besides all the big times we had many small ways of making love and we tried putting thoughts in the other one's head while we were in different rooms.

《무기여 잘 있거라 A Farewell to Arms》
어니스트 헤밍웨이 Ernest Miller Hemingway

오, 변덕스러운 달을 두고 맹세하지 마세요. 달은 둥근 궤도를 돌며 달마다 모습을 바꾸니, 당신의 사랑도 그처럼 변할까 두렵습니다.

O swear not by the moon, th'inconstant moon, That monthly changes in her circled orb, Lest that thy love prove likewise variable.

《로미오와 줄리엣Romeo and Juliet》

윌리엄 셰익스피어William Shakespeare

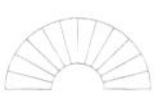

th' the의 축약형(고어) | inconstant 충실하지 못한, 변덕스러운 | monthly 매월
orb 구, 구체(특히 해와 달) | likewise 똑같이, 또한 | variable 변동이 심한

060

힘들고 끔찍한 사건이었지만, 그 자리에 서 있었던 일 년 동안 나는 내가 잃어버린 가장 소중한 것이 심장이라는 것을 깨달았어. 사랑할 때 나는 세상에서 가장 행복한 사람이었지. 그러나 심장이 없는 자는 사랑할 수 없기에 나는 오즈에게 심장을 달라고 부탁하기로 결심했어.

It was a terrible thing to undergo, but during the year I stood there I had time to think that the greatest loss I had known was the loss of my heart. While I was in love I was the happiest man on earth; but no one can love who has not a heart, and so I am resolved to ask Oz to give me one.

《오즈의 마법사The Wonderful Wizard of Oz》
라이먼 프랭크 바움Lyman Frank Baum

Chapter 4

인내의 시간

A Time of Patience

Classic Books

061

새는 알을 깨고 나온다. 알은 곧 세계다. 태어나려는 자는 반드시
한 세계를 부숴야 한다.

"The bird fights its way out of the egg. The egg is the world.
Whoever will be born must destroy a world.

《데미안Demian》

헤르만 헤세Hermann Hesse

way out 출구, 탈출구 | whoever 누구든 ~하는 사람, 누가 ~하든 | destroy 파괴하다

062

가장 위험하고 긴 항해가 끝나면 두 번째 항해가 시작된다. 두 번째 항해가 끝나면 세 번째 항해가 시작되고, 그렇게 영원히 계속된다. 모든 노력은 끝없이, 견디기 힘들 정도로 끝없이 이어진다.

---

that one most perilous and long voyage ended, only begins a second; and a second ended, only begins a third, and so on, for ever and for aye. Such is the endlessness, yea, the intolerableness of all earthly effort.

《모비 딕Moby Dick》

허먼 멜빌Herman Melville

허먼 멜빌 Herman Melville(1819-1891)

인간의 운명·자연·악의 문제를 웅대한 서사로 풀어낸 19세기 대표 소설가다. 초기에는 모험 소설로 명성을 얻었으나, 《모비 딕》을 통해 인간 존재와 세계에 관해 본격적으로 탐구했다. 생전에 충분한 평가를 받지 못했지만, 20세기 이후 그의 작품은 미국 문학의 핵심으로 재조명되었다.

◆◆◆
perilous 아주 위험한 | voyage 여행, 항해 | for aye 영원히, 언제까지나(고어) | endlessness 끝없음
intolerableness 참을 수 없음 | earthly 세속적인, 조금도

우리의 짐은 여기에 있고, 우리의 길은 우리 앞에 펼쳐져 있어. 선함과 행복을 향한 갈망이 길잡이가 되어, 수많은 어려움과 실수 속에서도 우리를 이끌어 진정한 천상의 도시인 평화로 다다르게 한단다.

Our burdens are here, our road is before us, and the longing for goodness and happiness is the guide that leads us through many troubles and mistakes to the peace which is a true Celestial City.

《작은 아씨들 Little Women》
루이자 메이 올컷 Louisa May Alcott

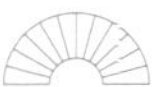

그러나 우리도 비교적 좁은 공간에 갇혀 있어서 그곳을 벗어날 수 없어. 물론 이런저런 상상을 하거나, 북극에 꼭 가야 한다고 스스로 믿게 만들 수도 있지. 하지만 그것을 실행에 옮기고 간절히 바랄 수 있는 것은 소망이 마음속 깊이 자리 잡고, 내 모든 존재가 그것으로 가득 차 있을 때뿐이야.

But even we are confined to a comparatively small space, beyond which we cannot go. To be sure, I can imagine this or that, or make myself believe that I absolutely want to get to the North Pole or somewhere, but I can only carry that out and wish it strongly enough when the desire lies right in myself, when my whole being is really filled with it.

《데미안Demian》
헤르만 헤세Hermann Hesse

◆ ◆ ◆

confined 좁고 사방이 막힌 | **comparatively** 비교적 | **desire** 갈망, 바라다 | **fill with** ~으로 가득 차다

065

저는 아무리 착해지려고 노력해도 본성이 착한 사람들처럼 되지는
못할 거예요. 그래도 그렇게 열심히 노력하는 것 자체가 의미 있다
고 생각하지 않으세요?

No matter how hard I try to be good I can never make such a
success of it as those who are naturally good. But don't you think
the trying so hard ought to count for something?

《빨간 머리 앤 Anne of Green Gables》
루시 모드 몽고메리 Lucy Maud Montgomery

◆ ◆ ◆
naturally 자연스럽게, 저절로, 선천적으로 | count for something 중요하다, 의미가 있다
ought to ~해야 한다

066

"조심하고 기도하렴. 노력하는 일을 절대 포기하지 말고, 네 결점을 극복하는 것이 불가능하다고 절대 생각하지 마."

"Watch and pray, dear; never get tired of trying; and never think it is impossible to conquer your fault,"

《작은 아씨들Little Women》
루이자 메이 올컷Louisa May Alcott

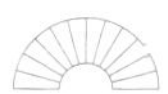

067

그들은 친구였기에, 그들이 선한 사람들이었기에, 어린 시절부터 친구였던 그들이 돈 같은 비천한 것을 생각해야 했기에, 그들의 젊음이 끝나가고 있었기에 울었다…. 하지만 그 눈물은 두 사람 모두에게 기쁨의 눈물이었다.

They wept because they were friends, and because they were kindhearted, and because they—friends from childhood—had to think about such a base thing as money, and because their youth was over.... But those tears were pleasant to them both.

《전쟁과 평화War and Peace》

레프 톨스토이 Lev Nikolayevich Tolstoy

레프 톨스토이 Lev Nikolayevich Tolstoy(1828-1910)

러시아 문학의 거장이다.《전쟁과 평화》,《안나 카레니나》등의 작품을 통해 인간 존재의 근원적 질문, 도덕적 갈등, 사회적 현실을 깊이 있게 탐구했다. 탁월한 심리 묘사와 사실적 서사, 철학적 성찰을 절묘하게 결합한 그의 작품은 시대를 초월한 보편성을 지니며 전 세계 독자에게 사랑받고 있다.

068

하루에 열 번 다시 자신과 화해해야 한다. 극복은 쓰디쓰며, 자신과 화해하지 못한 자는 편히 잠들지 못한다.

하루에 열 가지 진리를 찾아야 한다. 그렇지 않으면 밤에도 진리를 찾게 될 것이며, 그대의 영혼은 굶주릴 것이다.

하루에 열 번 웃으며 쾌활하게 지내야 한다. 그렇지 않으면 고통의 아버지인 위장이 밤에 그대를 괴롭힐 것이다.

Ten times must thou reconcile again with thyself; for overcoming is bitterness, and badly sleep the unreconciled.

Ten truths must thou find during the day; otherwise wilt thou seek truth during the night, and thy soul will have been hungry.

Ten times must thou laugh during the day, and be cheerful; otherwise thy stomach, the father of affliction, will disturb thee in the night.

《차라투스트라는 이렇게 말했다 Also Sprach Zarathustra》

프리드리히 니체 Friedrich Wilhelm Nietzsche

◆ ◆ ◆

wilt 시들다, 지치다 | cheerful 발랄한 | stomach 위, 속 | affliction 고통, 고통의 원인
disturb 방해하다, 불안하게 만들다

069

그토록 오랜 고통의 시간을 지나, 마침내 그토록 바라던 정상에 도달했다는 것은 모든 노력을 보상해 주는 가장 만족스러운 결실이었습니다.

After so much time spent in painful labour, to arrive at once at the summit of my desires was the most gratifying consummation of my toils.

《프랑켄슈타인Frankenstein》
메리 셸리Mary Shelley

메리 셸리 Mary Shelley(1797-1851)

SF의 고전으로 평가받는 《프랑켄슈타인》의 작가다. 철학자 윌리엄 고드윈과 여성 참정권 운동가 매리 울스턴크래프트의 딸로 태어나 풍부한 지적 환경 속에서 성장하며 독창적인 상상력과 비판적 사고를 작품에 담아냈다.

◆ ◆ ◆
labour 노동, 애를 쓰다 | summit 정상, 정점 | gratifying 흐뭇한, 기쁜 | consummation 완성
toil 힘들게 일하다

070

그렇게 서럽게 울지 말고, 오늘을 기억해서 온 마음과 영혼을 다해 다시는 이런 날을 겪지 않겠다고 다짐해. 조, 우리는 모두 유혹을 마주한단다. 어떤 이들은 너보다 훨씬 큰 유혹을 만나기도 하고, 그걸 이겨내는 데 평생이 걸리기도 해.

Don't cry so bitterly, but remember this day, and resolve, with all your soul, that you will never know another like it. Jo, dear, we all have our temptations, some far greater than yours, and it often takes us all our lives to conquer them.

《작은 아씨들 Little Women》

루이자 메이 올컷 Louisa May Alcott

071

하지만 너는 괜찮을 거야. 살아가면서 꽤 고생도 하겠지만 꽤 재미도 있을 거야. 때로는 다치기도 하고, 때로는 아프기도 하겠지만, 그럴 때마다 다시 괜찮아질 거야.

But you is all right. You gwyne to have considable trouble in yo' life, en considable joy. Sometimes you gwyne to git hurt, en sometimes you gwyne to git sick; but every time you's gwyne to git well agin.

《허클베리 핀의 모험 The Adventures of Huckleberry Finn》
마크 트웨인 Mark Twain

◆ ◆ ◆

gwyne to(=going to) ~을 할 것이다, ~일 것이다 | considable(=considerable) 상당한, 많은
git(=get) 받다, 얻다 | agin(=again) 다시, 또

072

자신의 불꽃 속에서 스스로를 태울 준비가 되어 있어야 한다. 먼저 재가 되지 않고서 어떻게 새로워질 수 있겠는가!

Ready must thou be to burn thyself in thine own flame; how couldst thou become new if thou have not first become ashes!

《차라투스트라는 이렇게 말했다Also Sprach Zarathustra》

프리드리히 니체Friedrich Wilhelm Nietzsche

◆ ◆ ◆

thine 당신의 것(yours의 고어) | couldst ~할 수 있다(can의 2인칭 단수 과거형, 고어) | ashe 재, 잿더미

073

"나는 새로운 것이 필요해요. 지금보다 더 많은 걸 보고, 겪고, 배우고 싶어서 가만히 있지 못하겠어요. 제 안의 작은 일들만 너무 많이 고민하고 있어서 자극이 필요해요. 이번 겨울에 제가 없어도 괜찮다면, 잠시 떠나서 제 날개를 시험해 보고 싶어요."

"I want something new; I feel restless, and anxious to be seeing, doing, and learning more than I am. I brood too much over my own small affairs, and need stirring up, so, as I can be spared this winter, I'd like to hop a little way, and try my wings."

《작은 아씨들Little Women》

루이자 메이 올컷 Louisa May Alcott

restless 가만히 못 있는 | anxious 불안해 하는, 간절히 바라는 | brood 곱씹다 | stir up 일으키다

074

결국 사람은 자신이 겨냥한 것만 맞힌다. 그러니 당장은 실패하더라도, 더 높은 것을 겨냥하는 편이 낫다.

In the long run men hit only what they aim at. Therefore, though they should fail immediately, they had better aim at something high.

《월든Walden》
헨리 데이비드 소로Henry David Thoreau

◆ ◆ ◆

in the long run 결국에는 | immediately 즉시, 즉각

075

내가 공작으로 태어나지 않은 것은 내 탓이 아니고, 자네가 왕으로
태어나지 않은 것도 자네 탓이 아닌데 뭘 그리 걱정하는가? 주어진
상황에서 최선을 다하자는 게 내 좌우명이야.

It ain't my fault I warn't born a duke, it ain't your fault you warn't born a king—so what's the use to worry? Make the best o' things the way you find 'em, says I—that's my motto.

《허클베리 핀의 모험 The Adventures of Huckleberry Finn》
마크 트웨인 Mark Twain

076

앤은 더 이상 길버트를 이기기 위한 승리를 바라지 않았고, 오히려 훌륭한 상대에게 정당한 승리를 거뒀다는 사실이 자랑스러웠다. 이기는 것은 분명히 가치 있는 일이었지만, 이기지 못한다고 해서 더 이상 삶이 견딜 수 없을 정도로 괴롭다고는 생각하지 않았다.

Anne no longer wished to win for the sake of defeating Gilbert; rather, for the proud consciousness of a well-won victory over a worthy foeman. It would be worth while to win, but she no longer thought life would be insupportable if she did not.

《빨간 머리 앤Anne of Green Gables》
루시 모드 몽고메리Lucy Maud Montgomery

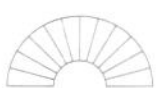

no longer 이미 ~이 아니다, 더 이상 ~하지 않는 | defeat 패배시키다, 패배 | foeman 적
consciousness 의식, 생각 | insupportable 참을 수 없는

077

나는 고통받는 나 자신을 극복했다. 나는 내 재를 산 위로 들고 올라가, 더 밝은 불꽃을 만들어 냈다.

I surpassed myself, the suffering one; I carried mine own ashes to the mountain; a brighter flame I contrived for myself.

《차라투스트라는 이렇게 말했다Also Sprach Zarathustra》
프리드리히 니체Friedrich Wilhelm Nietzsche

◆ ◆ ◆

surpass 능가하다, 뛰어넘다 | contrive 어떻게든 ~하다, 성사시키다

만약 '천재는 끝없이 인내하는 사람'이라는 미켈란젤로의 말이 맞다면, 에이미는 분명 그 신성한 자질을 갖췄다고 할 수 있다. 모든 고난과 실패, 좌절에도 불구하고 꿋꿋하게 버텼으며, 언젠가 '순수 예술'로 불릴 만한 가치 있는 작품을 그릴 수 있다고 굳게 믿었다.

If "genius is eternal patience," as Michael Angelo affirms, Amy certainly had some claim to the divine attribute, for she persevered in spite of all obstacles, failures, and discouragements, firmly believing that in time she should do something worthy to be called "high art."

《작은 아씨들Little Women》

루이자 메이 올컷Louisa May Alcott

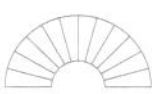

079

그러나 우리가 약해지고 좌절하는 순간들 속에서도 진심으로 노력하고 꾸준히 나아간다면, 비록 계속해서 방향을 바꿔야 할지라도, 바람과 조류의 도움을 받는 다른 사람들보다 더 멀리 나아갈 수 있다는 사실을 종종 알게 된다. 그리고 사실, 다른 사람을 따라잡거나 다른 사람을 앞질러 가는 것보다 더 큰 만족은 없다.

But when, in spite of weakness and disappointments, we set to work in earnest, and persevere steadily, we often find, that, though obliged continually to tack, we make more way than others who have the assistance of wind and tide; and, in truth, there can be no greater satisfaction than to keep pace with others or outstrip them in the race.

《젊은 베르테르의 슬픔 Die Leiden des jungen Werthers》
요한 볼프강 폰 괴테 Johann Wolfgang von Goethe

080

"나는 그 말을 지킬 겁니다. 행복과 선을 가로막는 장애물을 부숴 버릴 겁니다. 그래, 선을 말입니다. 나는 지금까지의 나보다, 지금의 나보다 더 나은 사람이 되고 싶습니다.《욥기》의 리바이어던이 창과 화살, 사슬로 된 갑옷을 부숴 버렸듯이, 다른 사람들이 무쇠와 놋쇠 라고 여기는 것들도 나는 짚단과 썩은 나무라고 여길 것입니다."

"I will keep my word; I will break obstacles to happiness, to goodness—yes, goodness. I wish to be a better man than I have been, than I am; as Job's leviathan broke the spear, the dart, and the habergeon, hindrances which others count as iron and brass, I will esteem but straw and rotten wood."

《제인 에어 Jane Eyre》
샬럿 브론테 Charlotte Brontë

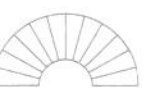

Chapter 5

인생의 의미

The Meaning of Life

Classic Books

081

오늘도 그대는 많은 사람들 속에서 고통받고 있구나, 그대라는 한 사람이여. 오늘도 그대는 여전히 꺾이지 않은 용기와 희망을 지니고 있다.

To-day sufferest thou still from the multitude, thou individual; to-day hast thou still thy courage unabated, and thy hopes.

《차라투스트라는 이렇게 말했다Also Sprach Zarathustra》
프리드리히 니체Friedrich Wilhelm Nietzsche

◆ ◆ ◆

multitude 다수, 군중 | individual 각각의, 개인 | unabated 조금도 수그러들지 않는

"그래요, 사람은 누구나 자신의 꿈을 찾아야 합니다. 그러면 길은 한결 쉬워집니다. 하지만 영원히 지속되는 꿈은 없습니다. 각각의 꿈은 새로운 꿈으로 교체되니, 어느 하나에 집착하면 안 됩니다."

"Yes, one must find one's dream, then the way is easy. But there is no dream which endures for always. Each sets a new one free, to none should one wish to cleave."

《데미안Demian》
헤르만 헤세Hermann Hesse

083

미래의 삶, 그의 앞에 다가온 순수하고 빛나는 가능성 있는 삶은, 그를 떨림과 불안으로 가득 채웠다.

The future life, the possible life which offered itself to him henceforth, all pure and radiant, filled him with tremors and anxiety.

《레 미제라블Les Misérables》
빅토르 위고Victor Hugo

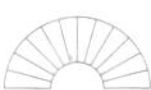

---

henceforth 이후로 | radiant 빛나는 | tremor 미진, 떨림 | anxiety 불안, 걱정거리

084

내 확고한 목표를 향한 길은 철로 된 선로가 깔려 있고, 내 영혼은 그 위를 달리도록 홈이 파여 있다. 깊이를 알 수 없는 협곡을 지나, 홈이 새겨진 산의 심장을 꿰뚫고, 급류의 바닥 아래를 통과해 한 치의 흔들림도 없이 질주한다! 그 철길에는 장애물도, 구부러진 곳도 없다!

The path to my fixed purpose is laid with iron rails, whereon my soul is grooved to run. Over unsounded gorges, through the rifled hearts of mountains, under torrents' beds, unerringly I rush! Naught's an obstacle, naught's an angle to the iron way!

《모비 딕 Moby Dick》
허먼 멜빌 Herman Melville

whereon 무엇의 위에, 그 위에 | grooved 홈이 있는 | unsounded 깊이를 알 수 없는
torrent 급류 | unerringly 한 치도 틀리지 않고

085

모든 사람은 자신에 대한 걱정과 보살핌으로 사는 것이 아니라, 사
람 안에 있는 사랑으로 살아가는 것이다.

And all men live not by the thought they spend on their own
welfare, but because love exists in man.

《사람은 무엇으로 사는가What Men Live By》

레프 톨스토이Lev Nikolayevich Tolstoy

086

우리는 온 존재를 내어주어, 단 하나의 영광스러운 감정으로 가득 찬 완전한 행복을 누리기를 간절히 바란다. 아아, 그러나 우리가 목표에 도달해, 먼 그곳이 지금 이곳이 되는 순간 모든 것이 달라진다. 우리는 여전히 가난하고 제약을 받는 존재이며, 우리의 영혼은 여전히 도달할 수 없는 행복을 갈망한다.

and we desire earnestly to surrender up our whole being, that it may be filled with the complete and perfect bliss of one glorious emotion. But alas! when we have attained our object, when the distant there becomes the present here, all is changed: we are as poor and circumscribed as ever, and our souls still languish for unattainable happiness.

《젊은 베르테르의 슬픔Die Leiden des jungen Werthers》
요한 볼프강 폰 괴테Johann Wolfgang von Goethe

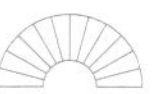

페어팩스 부인은 평소처럼 소박하고 다정하게 나를 맞아주었다. 레아는 미소 지었고, 소피조차도 기쁘게 "좋은 저녁 되세요."라고 인사했다. 이건 정말 기분 좋은 일이었다. 주위 사람들에게 사랑받고, 자신의 존재가 그들에게 편안함을 더해준다는 느낌만큼 행복한 것은 없다.

Fairfax received me with her usual plain friendliness. Leah smiled, and even Sophie bid me "bon soir" with glee. This was very pleasant; there is no happiness like that of being loved by your fellow-creatures, and feeling that your presence is an addition to their comfort.

《제인 에어 Jane Eyre》
샬럿 브론테 Charlotte Brontë

---

fellow creature 동포, 우리와 같은 인간 | presence 있음, 존재함, 존재감 | comfort 위로, 위안

088

질병과 슬픔도 다른 사람에게 전염되지만, 이 세상에 웃음과 유쾌
함만큼 저항할 수 없이 전염되는 것은 없다는 사실이야말로 공정
하고, 공명정대하고, 고귀한 세상의 이치다.

It is a fair, even-handed, noble adjustment of things, that while there is infection in disease and sorrow, there is nothing in the world so irresistibly contagious as laughter and good-humour.

《크리스마스 캐럴A Christmas Carol》

찰스 디킨스Charles Dickens

◆ ◆ ◆

even-handed 공명정대한 ｜ adjustment 수정, 적응 ｜ infection 감염, 전염병
irresistibly 거부할 수 없는 ｜ contagious 전염되는, 전염성의 ｜ good-humour 쾌활함

089

인생 최고의 행복은 자신이 사랑받고 있다는 확신이다. 자기 모습 그대로 사랑받는다는 확신, 더 정확히 말해 자기 자신임에도 불구하고 사랑받는다는 확신 말이다.

The supreme happiness of life consists in the conviction that one is loved; loved for one's own sake—let us say rather, loved in spite of one's self;

《레 미제라블 Les Misérables》
빅토르 위고 Victor Hugo

090

"인류가 나의 사업이었네. 공공의 복지가 나의 사업이었고, 자비, 관용, 인내, 선행 이 모든 것들이, 모두 나의 사업이었어. 내가 하던 상업 거래는 내 사업이라는 거대한 바닷속에 떨어진 물 한 방울에 불과했지!"

"Mankind was my business. The common welfare was my business; charity, mercy, forbearance, and benevolence, were, all, my business. The dealings of my trade were but a drop of water in the comprehensive ocean of my business!"

《크리스마스 캐럴A Christmas Carol》
찰스 디킨스 Charles Dickens

행복은 아주 가까이, 그래, 손을 뻗으면 닿을 수 있을 만큼 가까이 있어. 재료는 모두 준비되어 있고 그걸 결합할 움직임만 있으면 돼. 운명의 신이 재료를 멀리 떨어뜨려 놓았지만, 한번 모아보기만 하면 굉장한 행복이 따라올 거야.

---

very near happiness; yes, within reach of it. The materials are all prepared; there only wants a movement to combine them. Chance laid them somewhat apart; let them be once approached and bliss results.

《제인 에어 Jane Eyre》
샬럿 브론테 Charlotte Brontë

material 재료, 소재 | prepare 준비하다 | combine 결합하다 | somewhat 어느 정도, 약간

092

사람들이 서로를 괴롭히는 것만큼 나를 고통스럽게 하는 것은 없다. 특히 참을 수 없는 것은 인생의 꽃다운 시절, 한창 행복해야 할 시기에 다툼과 논쟁으로 즐거운 날들을 낭비해 버리고, 바로잡기에 너무 늦은 때가 되어서야 그 사실을 깨닫게 되는 것이다.

Nothing distresses me more than to see men torment each other; particularly when in the flower of their age, in the very season of pleasure, they waste their few short days of sunshine in quarrels and disputes, and only perceive their error when it is too late to repair it.

《젊은 베르테르의 슬픔 Die Leiden des jungen Werthers》
요한 볼프강 폰 괴테 Johann Wolfgang von Goethe

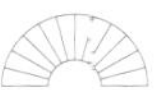

◆ ◆ ◆

distress (정신적) 고통, 괴로움 | torment 고통, 고통을 안겨 주다 | quarrel 다툼
dispute 분쟁, 논쟁 | perceive 인지하다

오, 꿈을 갖는다는 건 정말 황홀한 일이에요. 게다가 저는 꿈도 얼마나 많은지 너무 기뻐요. 그리고 그 꿈들은 절대 끝이 없는 것 같아요. 그게 가장 근사한 점이에요.

Oh, it's delightful to have ambitions. I'm so glad I have such a lot.
And there never seems to be any end to them--that's the best of it.

《빨간 머리 앤 Anne of Green Gables》
루시 모드 몽고메리 Lucy Maud Montgomery

094

그대들은 내게 말한다. "삶은 견디기 어렵다." 그러나 왜 아침에는 자부심을 가졌다가 저녁에는 체념하는가?

삶이 견디기 힘든 것은 사실이지만 연약한 태도를 보이지 말라!

Ye tell me, "Life is hard to bear." But for what purpose should ye have your pride in the morning and your resignation in the evening?

Life is hard to bear: but do not affect to be so delicate!

《차라투스트라는 이렇게 말했다 Also Sprach Zarathustra》
프리드리히 니체 Friedrich Wilhelm Nietzsche

<h1 style="text-align:center">095</h1>

나는 의도적인 삶을 살고 싶어서 숲으로 갔다. 삶의 본질적인 사실들만 마주하고, 삶이 내게 가르쳐주는 것을 배울 수 있는지 확인해보려고 했다. 죽음을 맞이할 때, 내가 제대로 살아보지 못했다는 사실을 깨닫고 싶지 않았다. 삶은 너무나 소중하기에 나는 삶이 아닌 것은 살고 싶지 않았고, 정말로 필요할 때가 아니라면 체념하며 살고 싶지도 않았다.

I went to the woods because I wished to live deliberately, to front only the essential facts of life, and see if I could not learn what it had to teach, and not, when I came to die, discover that I had not lived. I did not wish to live what was not life, living is so dear; nor did I wish to practise resignation, unless it was quite necessary.

《월든 Walden》

헨리 데이비드 소로 Henry David Thoreau

◆ ◆ ◆

deliberately 고의로, 의도적으로 | practise 연습하다, 행하다

피터는 다른 소년들과 완전히 달랐지만, 이번에는 피터도 두려웠
다. 바다 위를 스치는 잔물결처럼, 떨림이 피터의 온몸을 훑고 지나
갔다. … 다음 순간 피터는 다시 바위 위에 서 있었다. 얼굴에는 미
소가 떠오르고 가슴속에서는 북소리가 울려 퍼졌다. 그 소리는 이
렇게 말하고 있었다. "죽는다는 건 정말 대단한 모험이 될 거야."

---

*Peter was not quite like other boys; but he was afraid at last. A
tremour ran through him, like a shudder passing over the sea; …
Next moment he was standing erect on the rock again, with that
smile on his face and a drum beating within him. It was saying, "To
die will be an awfully big adventure."*

《피터 팬 Peter Pan》

제임스 매튜 배리 James Matthew Barrie

제임스 매튜 배리 James Matthew Barrie(1860-1937)

상상력과 따뜻한 유머로 독창적인 아동 문학 세계를 구축한 스코틀랜드 출신 작가다. 대표작인
《피터 팬》에서 '어른이 되지 않는 소년'이라는 상징적 캐릭터를 통해 영원한 순수와 상실, 꿈과
현실의 경계를 탐구했다. 희곡과 소설을 넘나드는 다채로운 작품 활동을 펼쳤다.

◆ ◆ ◆

afraid 두려워하는, 겁내는 │ tremour 떨림 │ shudder 몸을 떨다 │ awfully 정말, 몹시

097

나는 행복을 얻기 위해 영혼을 팔 필요가 없어. 내 안에는 태어날 때부터 지니고 있는 보물이 있어서, 외부의 모든 기쁨이 사라지거나, 내가 감당할 수 없는 대가로 주어졌다 해도 계속해서 나를 살아가게 해 줄 거야.

I need not sell my soul to buy bliss. I have an inward treasure born with me, which can keep me alive if all extraneous delights should be withheld, or offered only at a price I cannot afford to give.

《제인 에어 Jane Eyre》
샬럿 브론테 Charlotte Brontë

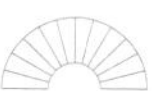

098

때때로 나는 마법에 걸린 듯한 대도시의 황혼 속에서 잊을 수 없는 외로움을 느꼈고, 다른 사람들에게서도 그런 느낌을 받았다. 식당에서 저녁 먹을 시간이 되기를 기다리며 창문 앞을 서성이는 가난한 젊은 사무원들, 밤과 인생의 가장 가슴 아픈 순간들을 허비하는 어스름 속의 젊은 사무원들에게서 말이다.

At the enchanted metropolitan twilight I felt a haunting loneliness sometimes, and felt it in others—poor young clerks who loitered in front of windows waiting until it was time for a solitary restaurant dinner—young clerks in the dusk, wasting the most poignant moments of night and life.

《위대한 개츠비 The Great Gatsby》
F. 스콧 피츠제럴드 F. Scott Fitzgerald

099

그분은 내 마음보다 이해력과 재능을 더 높이 평가하지만, 나는 오직 내 마음만을 자랑스럽게 여긴다. 마음이야말로 우리의 힘과 행복, 그리고 고통의 유일한 근원이다. 내가 가진 모든 지식은 누구나 얻을 수 있지만, 내 마음만은 오로지 나만의 것이다.

He values my understanding and talents more highly than my heart, but I am proud of the latter only. It is the sole source of everything of our strength, happiness, and misery. All the knowledge I possess every one else can acquire, but my heart is exclusively my own.

《젊은 베르테르의 슬픔 Die Leiden des jungen Werthers》

요한 볼프강 폰 괴테 Johann Wolfgang von Goethe

100

우리는 철저하고 성실하게 삶을 숭배하면서, 변화의 가능성은 거부한다. 우리는 이 길만이 유일한 길이라고 말하지만, 하나의 중심에서 그릴 수 있는 반지름의 수만큼 많은 길이 존재한다. 모든 변화는 생각해 볼만한 기적이고, 그 기적은 지금 이 순간에도 계속 일어나고 있다.

So thoroughly and sincerely are we compelled to live, reverencing our life, and denying the possibility of change. This is the only way, we say; but there are as many ways as there can be drawn radii from one centre. All change is a miracle to contemplate; but it is a miracle which is taking place every instant.

《월든Walden》

헨리 데이비드 소로Henry David Thoreau

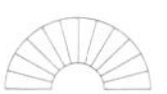

◆ ◆ ◆

sincerely 진심으로 | compel 강요하다, ~하게 만들다 | reverence 숭배 | centre 중심, 중앙
radii 반지름들, 반경들(radius의 복수형) | contemplate 고려하다, 생각하다 | instant 즉각적인, 순간

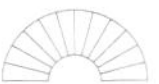

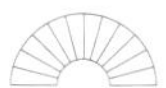

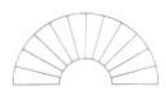

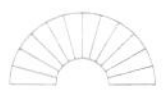

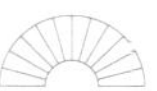

쓰면서 배우는 인생 필사_고전 소설 100

초판 1쇄 인쇄 2025년 11월 28일
초판 1쇄 발행 2025년 12월 22일

지은이　윌리엄 셰익스피어, 헤르만 헤세, 프리드리히 니체 외

펴낸이　심정섭
편집장　정효진
책임편집 이지은
디자인　스튜디오글리
마케팅　김호현 신재철
제 작　정수호

펴낸곳　(주)서울문화사
등록일　1988년 12월 16일 | **등록번호**　제2-484호
주 소　서울특별시 용산구 한강대로 43길 5
편집문의 02-791-0757
구입문의 02-791-0708
메 일　book@seoulmedia.co.kr

ISBN 979-11-7371-904-2 (03800)

차례

흔들리는 삶을 잡아줄 지혜의 문장들

쓰면서 배우는 인생 필사

고전 소설 100

월리엄 셰익스피어, 헤르만 헤세, 프리드리히 니체 외 지음

서울문화사

일러두기

· 이 책에 수록한 고전은 모두 저작권이 만료되어 퍼블릭 도메인에 속한 작품들입니다.

· 영어 원문은 가능한 한 초판본의 철자와 문장 부호를 유지 했습니다.

· 한글 번역은 원문의 의미를 해치지 않는 범위 내에서 자연스럽게 의역했습니다.

· 이 책에는 따라 쓰며 마음을 정리하고 사유를 확장할 수 있도록 필사에 적합한 문장을 선별해 수록했습니다.

흔들리는 삶을 잡아줄 지혜의 문장들

쓰면서 배우는 인생 필사

고전 소설 100

Chapter 4

인내의 시간

A Time
of Patience

Chapter 3

감정의 온도

The Temperature
of Emotion